파울볼은 없다

창비
청소년
시선
06

파울볼은
없다

이장근 시집

창비

차
례

제3부

파울볼은
없다

제4부

지구에는
세 종족이 산다

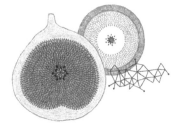

제1부

학교는
언제 철드나

문제아

나의 문제는

문제의
문제에 의한
문제를 위한

문제를 풀어야 하는 나라에
태어난 것이다

문제가 문제를 낳고 문제가 문제를 낳고 문제가 문제를
낳는 책을
성경처럼 들고 다녀야 한다는 것이다

문제가 없어진다면
나도 문제없다

초보 운전

초보 운전이라 붙여 놓으면
다른 차들이 끼어들까 봐
빵빵대고 창문 내리며 욕할까 봐

아기가 타고 있어요
두 시간째 거침없이 직진 중
당황하면 후진합니다
저도 제가 무서워요
내는 글렀다, 니 먼저 가라!
헉! 뒤에 또 붙으셨어요?
답답하시죠? 전 환장합니다!

돌려서 표현하면 양보해 줄까 봐

인생 초보 우리는
교복 줄이고 화장하고 눈에 힘주고 험한 말 하고
우르르 몰려다닌다

놀이터에서 배운 것들

닿을락 말락 하는 철봉이 훨씬 매력적이었다 손가락 끝에 살짝 닿았을 때의 짜릿함이 더 높은 곳을 보게 했다

높이 올라갈수록 그넷줄을 잡은 손에 힘이 들어갔다 높은 것보다 좋은 건 더 높은 거였지만 떨어지기 전에 잠깐 멈추는 순간도 나쁘지 않았다 물론 줄을 놓고 뛰어내릴 때가 제일 좋았지만

누군가 올라가면 누군가 내려와야 했다 한쪽이 너무 무겁거나 가벼우면 재미가 없었다 균형을 맞추기 위해 앞으로 다가가 앉거나 뒤로 물러나 앉아야 했다

계단으로 올라가서 미끄럼틀로 내려오는 게 싱거워지면 미끄럼틀로 올라갔다 그러다 내려오는 친구에게 떠밀려 미끄러지기도 했는데 종종 싸움이 벌어졌다

올라가는 사다리가 옆으로 놓이니 건너가는 사다리가 되었다 건너가는 게 올라가는 것보다 어려웠다

학교는 언제 철드나

몸 아파
결석하면

위로받고 관심받고

맘 아파
결석하면

구박받고 벌점 받고

학교는
언제 철드나

맘짱 되라 하면서

겉돌지 않을래

사각형 종이
모서리 하나 접으면 오각형이 되지
하나 더 접으면 육각형이 되고
계속 접다 보면 모서리가 사라진 원이 되지
둥글게 살아라!
귀에 못이 박히도록 들은 바로 그 원
살짝만 밀어도 데구루루 구르고
내리막을 만나면 가속도 붙어 질주하는
원 안을 잘 봐
수많은 모서리에 찔려 있지
얼마나 아프겠어
좀 덜컹거리면 어때
좀 느리면 어때
난 접지 않고 살 거야
착하다 착하다 부드러운 손길에 접힌 모서리들
다시 펴며 살 거야
내가 외로웠던 건
원과 원으로 만나려 했기 때문이었어

더 이상 겉돌지 않을래
기지개 켜듯 모서리 펴고
마음 가는 곳에 콕 박혀 살래

꼴통 물

따뜻한 물은 위에
차가운 물은 밑에

물에도 서열이 있다

모두 따뜻해지려고 노력할 때
차가워지려고만 하는
꼴통 물이 있었다

저러다 얼음이 될 거라고
손가락질을 받았는데

얼음이 되는 순간
보란 듯이

물 위로 떠올랐다

가정 교육 제대로 받았습니다

폭발 직전 화산으로 들어와
자리를 바꿔 앉은 우리에게
가정 교육을 어떻게 받은 거냐며
용암처럼 뜨거운 말을 쏟아 냈다

나는 오늘 아침 영어 시간에 배운
가정법이 떠올랐다

만약 선생님 기분이 좋았다면
만약 뒤에 부모님들이 있었다면
만약 선생님이 한부모 가정에서 자랐다면
만약 우리 반에 국회의원 자녀들이 수두룩했다면
만약 자리를 바꿔 앉지 않았다면
만약 선생님이 남의 부모 얘기 함부로 하지 말라는 가정
교육을 받았다면

영어 시간에 배운 가정법을
제대로 복습한 시간이었다

그리운 멍구

멍구는 우리 반 구멍
자칭 1등 반 제조기라는 담임 선생님 경력도
전교 꼴찌 멍구에게 구멍이 나고
숙제도 구멍
준비물도 구멍
우리 반 비밀도 구멍
뭘 해도 구멍
입 구멍 크게 벌려 웃는 것 말고는
잘하는 게 하나도 없는
멍구가 전학 갔다
담임 선생님은 다시 경력을 쌓기 시작했고
멍구가 없어 속 시원하다는 애들도 있지만
나는 왠지 허전하다
수업 시간에 혼날 일은 없어졌지만
이 빠진 입 벌리고 웃을 일도 없어졌다
구멍이 사라진 자리에
구멍이 생겼다

생각하는 책상

수학 시간에 떠들어
교실 앞 외딴섬
생각하는 책상에 유배 왔다

이곳에 혼자 앉아
친구들을 보고 있으니
내가 있던 곳이 선명해진다

그곳은
생각하지 않는 책상에서
조용히 문제를 풀어야 하는 곳
생각 있는 친구들이
박해를 받는 곳

구해 줄까 말까
생각하는 중이다

오줌과 오백 원

변기 바닥이 반짝인다
오백 원
주울까 말까 삼 초 고민하다
그냥 싼다

오백 원 위로 떨어지는 오줌
만약 화장실 청소하는 아주머니가 봤다면
일 초의 고민도 없이 주웠을 것이다

오백 원에 묻은 오줌을 보느냐
오백 원만 보느냐

화장실 구석 변기에서
우리 반 왕따가 오줌을 누고 있다
지은 죄도 없이 항상 구석이다

말 한 번 해 본 적 없으면서
소문만 듣고 멀리하는 건 아닌지

오줌에 오줌을 보태는 건 아닌지
오백 원일지도 모르는데

변비가 생긴 이유

갑자기 배에서 천둥이 쳤다
똥구멍에 힘주고 화장실로 뛰었다
여자애가 나오는 반대편으로 들어가
마침 열려 있는 칸으로 들어갔다
바지를 내리는 동시에 쏟아지는 물똥
절묘한 타이밍이었다
똥을 닦으려는데
문밖에서 들리는 여자애들 목소리
뭐지? 설마? 아! 어쩌지?
나는 숨소리를 죽였다
똑똑 밖에서 노크를 했다
똑똑 나도 했다
잠시 이어지는 수다
똑똑 다시 노크를 했다
똑똑 나도 했다
불평불만이 쏟아졌다
심장이 멎으려는 순간 수업 종이 쳤다
십 년 같은 십 분이 지난 후

화장실을 빠져나왔다
그날 이후 내 똥은 아무리 노크해도
나올 생각을 안 한다

선생님은 아실까

이번에도
꼴찌라며
선생님이
혼내셨다

평균이
지난번보다
2점이나
올랐는데

아실까
오늘의 내가
어제의 나를
이긴 것을

봄을 대하는 자세

꽁꽁 닫혔던 창문을 열고
수업을 한다
밑줄 쫙!
선생님 말에 맞춰
교과서에 밑줄을 긋는다
창밖 운동장 구석 작은 텃밭에서
학교 일 하시는 아저씨가 밭을 간다
밭에 그어지는 밑줄
땅에는 밑줄을 먼저 치는구나
한 장 두 장 하루가 넘어갈 때마다
밑줄 그은 곳에
채소들이 쑥쑥 자라겠지
밑줄 그은 곳마다
초록 글자들을 자라게 하는 아저씨처럼
나도 까마득한 내일 어느 곳에
밑줄을 먼저 쳐 보기로 했다

복학생

학교로 다시 돌아온 건
선생님의 선물 때문

작년에 우리 반 친구들
각자 종이에 지장을 찍고
그 아래 '내 인생의 지도'라 쓴 후
코팅해서 책갈피로 만들었지

학교 때려치우고
거리를 헤매다
텅 빈 지갑에서 그걸 발견했을 때
눈물이 왈칵 쏟아졌어

동글동글 등고선, 내 지문은
높은 산 지형도
그러니까 내가 넘어야 할 산이
바로 나였어

딱지와 전학

담임 선생님 수업 시간에
딱지치기를 했다
상품은 초코파이 한 상자
교실은 난장판이 됐다

선생님은 1등 한 친구에게
초코파이 한 상자를 주고
1등 한 딱지를
내일 전학 가는 친구에게 주었다

끝까지 뒤집히지 않은
이 딱지처럼
우리 반을 잊지 말라며

수많은 딱지를 뒤집은
이 딱지처럼
등 보이고 있을 새 학교 친구들
발랑발랑 뒤집으라며

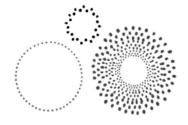

제2부

그냥이라는
고양이

그늘비

양산 안에
그늘비 내린다
살랑살랑 내린다

밖은 짱짱한 햇살
버스를 기다리고 있을 때
양산을 씌워 주는
선생님, 누나라 부르고 싶다
심장이 이글이글한다

이번 버스엔
아무도 안 탔으면
아무 데도 안 섰으면

이글이글
호랑이 장가가고 싶다

착각

그냥 해도 될 말을 귓속말로 한 일
수업 시간에 흘깃흘깃 쳐다본 일
교과서에 휴대폰 번호를 적어 놓은 일
새벽까지 문자를 주고받은 일
문자 메시지 끝에 하트 이모티콘을 달아 준 일
학원 빼먹고 놀이터에서 밤늦도록 그네를 탄 일
일급비밀을 털어놓은 일
힘들다고 한숨 쉬며 어깨에 머리를 기댄 일

사귀자고 문자를 보낸 지 몇 시간쨴가
답장은 오지 않고

착각착각착각
시계가 놀린다

태풍슈퍼에서 머리를 잘랐다

간판은 슈퍼인데
미용실이에요
간판 좀 바꾸라 잔소리하면
말없이 미소만 짓는 누나
다른 미용실 절반 가격이지만
솜씨는 두 배로 좋아서
다른 동네까지 소문이 났어요
이제 겨우 스물다섯
태풍슈퍼 딸일 거라는
소문을 확인하기 위해
오늘은 작심하고
간판에 대해 물었어요
이름은 중요하지 않대요
미용실이라 마음먹으면
세상 모든 곳이 미용실이 된대요
동생이라 마음먹어 동생이 되지 않았느냐고
내 볼을 꼬집었을 때
가슴에 태풍이 몰아쳤어요

오늘부로 누나를
내 여자라 마음먹었거든요

그냥이라는 고양이

일 년에 한두 번 보는데
어제 본 것 같아

우리 사이에는
시간도 개입할 수 없는 다락방이 있거든
힘든 날 사다리를 밟고 올라가지

그곳에 그냥이라는 고양이가 사는데
귀 쫑긋 세우고 얘기를 들어 줘

그냥 짜증 나는 일
그냥 외로운 일
그냥 울고 싶은 일

털어놓다 보면 네가 옆에 와 있는 느낌이 들어
그냥이가 너에게 귀띔해 줬을까

그러다 어느 날 불쑥

전화벨이 울리는 거야
첫마디는 항상

그냥 했어

브레이크

자전거 타고 가다 브레이크 꽉 잡았지
담장에 피어 있는 장미꽃이 예뻐서
장미꽃 바라보다 떠오른 너의 얼굴
그 길이 생각났지 너와 함께 걷던 길
가다가 서다가 가다가 서다가
그 길엔 예쁜 것이 왜 그리도 많았는지
아마도 네가 부린 마술이 아니었을까
가다가 보다가 가다가 보다가
네 얼굴 엿보다가 눈 맞으면 움찔했지
가시에 찔릴까 봐 손도 잡지 못하고
흐리멍텅 놓쳐 버린 멍텅구리 풋사랑
꽉 잡을 걸 그랬어 후회하지 않도록
지금도 네 생각 나면 끼익끼익 멈추지

괄호

네가 두 팔을 벌렸을 때

괄호 같았어

나도 두 팔을 벌렸지

보이니?

너와 내가 만든 괄호 속에

안긴 세상

첫사랑

매미 울음소리가 하도 커서 나무를 올려다보니, 매미는 보이지 않고 어느 매미가 벗어 놓고 간 허물만 보인다. 분명 소리가 나는데 다시 한 번 살펴보니, 허물 옆 반 뼘 거리에서 매미가 배를 들썩이며 울고 있다. 사진을 찍으려고 휴대폰을 꺼내는 순간 훌쩍 날아간다. 쓸쓸히 남겨진 매미 허물, 추억처럼.

나도 가끔 너의 허물 반 뼘 거리에서 울고 간다.

잊는다는 것

창문에

호— 입김 불어
너의 이름을 쓰고
사라질 때까지 바라보는 일

사라졌나 싶어
호— 입김 불면
말짱한 얼굴로 나타나는 이름

입김을 불 때마다
조금씩 조금씩
입김 속으로 숨는 이름

입김만 남을 때까지

호— 호—

심심해서 좋은

심심은 心心
마음 두 개
꼭 붙어 있는 모습

별 볼일 없는 하루
혼자 방바닥을 뒹굴다
하품하며 고인 눈물처럼 떠오르는 얼굴

딱히 할 것은 없지만 붙어 있고 싶은
같이 심심해지고 싶은
단물 빠진 껌이지만 계속 씹고 싶은

친구란 그런 거지
무안할 때 긁어 보는 뒤통수 같은
얼굴을 씻고 보는 거울 속 민얼굴 같은

액자를 떼어 내면 드러나는 때 묻지 않은 벽지
거기 손바닥을 대면

간질간질 글자가 써지며

잘 지냈지?

어제 본 것처럼 옆에 와 앉는

아재 샘

자가용의 반대말은?
(커용)
맞았어용. 네 잘못이 커용. 수업 끝나고 교무실로 와용.

동생과 형이 싸우는데 동생 편만 드는 것은?
(형편없다)
오늘 내 기분이다. 조심해라.

방바닥보다 높은 바닥은?
(발바닥)
알면 발바닥에 땀나도록 뛰어와라. 오늘도 지각하기만
해 봐라.

서서 쉬고 누워서 일하는 것은?
(가야금)
현수야. 누워서 자느라 고생했다. 이제 서서 푹 쉬어라.

사람들이 가장 싫어하는 거리는?

(걱정거리)
그걸 아는 녀석이 그래!

아재 개그 하는 담임 샘
썰렁하지만 가끔 귀여울 때도 있다.

고기만두가 고기보고 하는 말은?
(내 안에 너 있다)
이만 종례 끝!

깍지

내 손가락 사이사이
끼어 있는 너의 손가락 중에
끼지 못하는
손가락 하나가 있지

다 가질 수는 없는 거라고
하나는 놓아줘야 한다고

너의 손가락 사이사이
끼어 있는 내 손가락도
마찬가지지

다 줄 수도 없는 거라고
하나는 남겨 놓아야 한다고

그게 함께 가는 거라고

야간자율학습

가로보다 세로가 길다
평등보다 차등이 길다는 듯
하나둘 켜지는 십자가

너도 나와 같은 생각을 했을까
함께 창밖을 보다가
약속이나 한 듯 책가방을 쌌다

거리를 배회하며 나눈 이야기

너는 수의사가 꿈이라 했다
나는 작곡가가 꿈이라 했다

꿈이 다른데 같은 시험을 본다며
우린 거리에서 미친 사람처럼 웃었다
먼지 같은 모순을 털어 냈다

우리의 첫 야간자율학습이었다

오늘도 꿈틀댄다

산 낙지가 접시에 담겨 나왔어
레고 조각처럼 잘려 있었지
한 몸이 되고 싶은 걸까
조각들이 쉴 새 없이 꿈틀댔지
그러다 조각 하나
접시 밖으로 나왔어
젓가락으로 집어
접시 안으로 넣어 주고 싶은데
식탁에 달라붙어 떨어지지 않았어

민우야,
잘 지내고 있지?
지난번 우리 집에 피자 배달 왔을 때
학교 나오라는 말을 할 수가 없었어
학교에 있을 때보다 더 힘차게 꿈틀댔으니까
너에게 한 발 다가선 모습이었어
그때부터였어
나도 꿈틀대기 시작했어

아르마딜로

등 뒤에서 느껴지던 따가운 눈빛
이젠 견딜 만하다

갑옷처럼 딱딱해진 등
나는 전교 1등

내가 제일 무서운 건
등 밖에 있는 것

공처럼 몸을 말고 새벽 쪽잠을 잔다
전교 2등이 될까 봐

비밀의 화원

무화과를 먹었어. 꽃이 없는 과일이라는 뜻이래. 못생겼는데 맛은 좋아. 꽃을 피우지 않고 어떻게 열매를 맺을까? 백과사전을 찾아봤지. 꽃이 과일 속으로 피어 보이지 않을 뿐이래. 무화과 속이 꽃밭이었던 셈이지. 너도 그런 거지? 무뚝뚝한 너의 얼굴. 하얀 이 드러내며 피던 웃음은 모두 어디로 갔을까? 살짝 건들기만 해도 터질 것 같아서 아는 척도 못하겠어. 아는 척보다 힘든 게 모르는 척이지만, 믿고 기다리기로 했어. 넌 너의 화원을 가꾸는 중이라고.

악손

커튼 사이로 들어오는
조각 볕이 좋다
손바닥 같다, 거기
마음이 아픈 날은 가슴을 대고
머리가 아픈 날은 머리를 댄다
손바닥에 손바닥을 대면
비누로 씻은 듯 손이 깨끗해진다
내 손은 가끔 더럽다
나도 모르는 손이 된다
어떤 날은 옷이 들려 있고
어떤 날은 운동화가 들려 있다
경찰서에 잡혀간 적도 여러 번
가게 주인보다 놀란 건
손 주인이다
손을 잘라 버리고 싶은 날은
조각 볕을 잡아 본다

제3부

파울볼은
없다

파울볼은 없다

형은 밤낮없이 공부해서
일류대에 간단다

나는 밤낮없이 알바해서
내 가게를 차릴 거다

부모님은 나만 보면 혀를 차지만
나는 혀 차는 소리를
박수 소리로 듣기로 했다

내가 쓰는 야구장이
더 넓을 뿐이라고

세탁기

락 락 락

헤드뱅 뱅 뱅

시커먼 말들이

흘러나와도

열지 마 열지 마

얼룩 묻은 하루

하얘질 때까지

헤드뱅 뱅 뱅

락 락 락

나를 빌려 드립니다

아침 6시 30분에 일어나 드리겠습니다
신속하게 씻고 밥 먹고
"다녀오겠습니다." 밝게 인사하며
학교로 출발해 드리겠습니다
학교 끝나면 중간에 새지 않고
학원으로 가 드리겠습니다
숙제는 기본 옵션입니다
물론 수업 시간에 자는 일도 없습니다
저녁 밥상에서 하는 잔소리
반찬으로 여기며 들어 드리겠습니다
밤 12시까지 공부하는 모습도 보여 드리겠습니다
딸깍 불 끌 때까지
18시간 동안
당신이 원하는 자식이 되어 드리겠습니다
이용료는 후불입니다
돈 대신
행복으로 지불해 주세요

아무도 모를 거라지만

옷에 묻은 작은 얼룩
아무도 모를 거라며
입고 가라지만
내가 아는데
내가 아무도 속으로 뚜벅뚜벅 걸어 들어가
나를 보는 것 같은데
내 주위의 아무도들이 나에게 전염되어
얼룩만 보는 것 같은데
얼룩이 아무도의 수만큼 늘어나
내가 얼룩을 뒤집어쓰고 있는 것 같은데
아침부터 옷 투정 한다고
욕을 바가지로 먹었다
결석을 한 이유를 말하자면
얼룩처럼 작지만 크다

내 안에 내가

화장실 문을
똑똑 두드렸는데
안에서도 똑똑 두드리면
사람이 있다는 거다

그래서 그러는 거다

요즘따라
꼬박꼬박 말대꾸하는 건

내 안에
내가 있기 때문이다

바로 당신이었습니다

기억나세요?
잡고 있겠다고 해 놓고 손을 놓아 버린 일
그날 저는 두발자전거 타는 것에 성공했죠
그날처럼 요즘도 손을 놓아주세요
비틀비틀 넘어질까 걱정이 되겠지만
그날처럼 믿음을 갖고 조금씩 멀어지는 저를
뒤에서 오래 바라봐 주세요

기억나세요?
그날 제가 자전거에서 내리자마자
세상에서 가장 행복한 얼굴로 바라본 사람은
저와 같은 얼굴을 하고 있던
바로 당신이었습니다

슬픈 동화

어릴 적 잠자리를 잡아
두 배로 큰 종이 날개를 달아 주었다

하늘 높이 띄웠지만
날갯짓 한 번 하지 못하고 곤두박질쳤다

땅에서 바둥대던 잠자리
종이 날개를 떼어 주려다가 그만

가냘픈 날개를 찢고 말았다

형제

아프리카 나일 강에서
작은 배로 고기를 잡는
형과 어린 동생이
텔레비전에 나왔다

형은 노를 저으며
그물에 걸린 고기를 잡았고
동생은 구멍 난 배에 들어오는 물을
컵으로 퍼내고 있었다

형은 가족의
목숨을 지키고 있었고
동생은 형의
목숨을 지키고 있었다

빨대 소리

음료가 바닥나자
크르릉 빨대에서 동물 소리가 난다
돈이 바닥나자
우리 집도 동물의 왕국이 되었다
배설물 같은 말로 각자의 영역을 표시했다
먹이 사슬의 꼭대기인 줄 알았던 아빠가
송곳니를 드러내는 식구들에게 꼬리를 내렸다
먹이 사슬은 배고픔의 정도에 따라 재배치됐다
가장 배고픈 건 나였다
학원을 굶은 지 오래됐으므로
성적이 바닥날까 봐 온몸에 송곳니가 돋았다
배부른 돼지만 생각했다
배고픈 소크라테스는 금방 잊었다
새벽에 깨어 화장실을 가다가 멈칫했다
안방에서 들려오는 흐느낌 소리
흐느낌 속에 섞여 있는 내 이름
엄마는 내 이름을 먹고사는 사람이었구나
방에 들어와 내 이름을 불러 보았다

바닥나지 말자 바닥나지 말자
나를 불러 보았다

아프지 마

헤딩슛을 하는 순간
정신을 잃었다
눈을 떴을 때
동그랗게 모인 얼굴들이 내려다보고 있었다
동그라미 속 구름을 미치도록 잡고 싶었지만
손이 움직이지 않았다
구급차 소리에 흩어지는 얼굴들
태어나 처음 응급실이라는 곳에 왔다
피를 뽑고 CT 촬영을 하고 나오자
아빠가 서 있었다
아프냐는 말에 눈물이 고였다
어렵게 구한 일자리는 어떻게 하고 왔을까
병원비도 없을 텐데
동전 같은 눈물이 떨어졌다
멈춰야 하는데
아까 본 구름이 자꾸 떠올랐다
엄마의 치맛자락 같은
아프지 마 아프지 마

고장 난 수도처럼 잔소리를 하다가
정작 자기가 아파서 떠나 버린
엄마의 목소리 같은

달방

달방 있습니다

라고 쓰인 종이를 보며
한 달에 한 번 편지를 보내오는 방을 생각해
행운모텔 503호
아빠가 지내는 달방

돈 부쳤다
밥 잘 챙겨 먹어라
공부 열심히 해라

짧은 편지 한 통과 책 한 권
답장 한 번 도착하지 않는 달방에서
아빠야말로 잘 지내고 있는지
답장을 썼어

돈 고마워
밥 잘 챙겨 먹을게

공부는 자신 없지만

보내 준 책은 꼬박꼬박 읽을게

살아 있는 사람

영화는 끝났다
스크린에 올라가는 글자처럼
절을 하는 사람들
오늘만큼은 할아버지도 주인공이다
아니, 어제도 그제도 주인공이었을 텐데
몰랐을 뿐이다
주로 없는 듯 있는 배역이었으니까
때론 대사 한 줄 없이 밥을 먹거나 잠을 자거나 배경처럼 앉아 있었으니까
영화는 끝났지만 자리를 뜨지 못한 사람들이 모여 술을 마신다
놀란 사람 시무룩한 사람 떠드는 사람 우는 사람 웃는 사람 생각에 잠긴 사람 시계를 보는 사람 조는 사람
북적북적 영화 촬영장 같다
감독은 할아버지
끝이 아니라고
살아 있는 사람에겐 시작만 있을 뿐이라고
어서 각자의 배역으로 돌아가라고

레디 액션!
낯익은 목소리 들린다

시키지도 않은 일

엄마 아빠 싸우는 동안
내가 할 수 있는 일은
고작 신발 정리

신발 앞코 집 밖으로 향한 걸 찾아
집 안쪽으로 돌려놓았다

소라게

가끔은 소라게처럼
엄마 품속으로 들어가
파도 소리 같은 숨소리 들으며
잠들고 싶어요

이젠 너무 작아져 버린 집
내가 떠나 빈집이 되어 버린 엄마 품은
아직 온기가 남아 있어요
누가 사는 걸까요

어릴 적 내가 사는 걸까요
내가 떠나 버린 나였던 나
엄마 지갑에는 어릴 적 내 사진이 있어요
집게발처럼 브이를 하고 찍은

회오리의 중심은 비었다

아무 생각 없이 산다고
하지 말아요

중심이 빈 회오리처럼
밖으로만 도는 것으로 보이겠지만

안에 무엇을 채워 넣을까
찾는 중이에요

이 바람이 가라앉으면
거기 중심이 서 있을 거예요

제4부

지구에는
세 종족이 산다

사회 공부

버스 뒤쪽에 서 있는데
맨 뒷자리에 앉은 할머니가 소매를 잡아당기더니
같이 앉자고 했다

그 말이 떨어지기가 무섭게
함께 앉은 사람들 옆으로 조금씩 이동하더니
없던 자리가 만들어졌다

한 사람 앉는 자리에서는 황당한 일
두 사람 앉는 자리에서는 짜증 나는 일
다섯 사람 앉는 맨 뒷자리에서나 가능한 일

하나보다는 둘이 좋고
둘보다는 여럿이 좋은

버스 맨 뒷자리의 진실

지하철에서

손가락이 여섯 개인 사람을 보았다
징그럽고 무섭기까지 했다
그건 손가락이 네 개인 사람을 보았을 때와
비슷한 느낌이었다

손가락이 하나 더 있을 뿐인데
나와 그 사람 사이에
보이지 않는 벽이 생겼다

내 손가락을 본다
징그럽고 무서운 손가락이 하나도 없다

그러니까 이건 손가락의 문제가 아니라
개수의 문제다
다섯 개여야 한다는 생각

어떤 생각은 벽을 만든다

지구에는 세 종족이 산다

평화가 뭔지도 모르지만
평화로워야 할 것 같은 아이족
목표는 노는 것
전쟁까지 놀이로 만들어 버린다
상상은 우주 최고의 무기
'왜'가 발사되면
대부분 두 손 들고 줄행랑을 친다
벌레와도 대화하는 능력이 있지만
안타깝게도 식민지 지배를 받고 있다

평화를 사랑한다면서
전쟁을 가장 많이 하는 어른족
목표는 영토 확장
아이족까지 점령했다
'위해서'를 외치며 망치는 게 재주라면 재주
자기와 다른 것을 제거하고
같은 것은 짓밟는다
숫자 1을 광적으로 숭배한다

아이족과 어른족
경계에 사는 아른족
목표는 어른족 같은 어른족은 되지 않기
무기는 어른족 반대로 하기
1보다는 ∞를!
아이족에게 진짜 평화를!
나도 아른족
지구는 우리가 지킨다

평화의 소녀상

나를 때린 애는 징계를 받았단다
그 애의 부모님은 병원비와 정신적 피해 보상까지 약속
했단다

학교폭력대책 자치위원회가 끝나고
사건도 끝났지만 나는 끝나지 않았다

아무도 내가 바라는 것에 대해서는 묻지 않았다
진심으로 잘못을 뉘우치는 그 애의 눈빛을 보고 싶었는데
끝나지 않은 걸 끝내 버리는 폭력 앞에서
나는 두 번 당한 기분이다

그날 이후 내 마음은
평화의 소녀상 옆 빈 의자에 앉아 있다
제발 마음속 전쟁을 끝내 달라고
상처가 아물 수 있도록
진심으로 사과해 달라고

아직도 거기엔
평화를 기다리는 소녀 둘 앉아 있다

눈뜬 봉사

혼자 사시는 할머니 집에
봉사 활동 다녀오는 길

겨우 두 시간 만에
모르는 사람이 아는 사람이 되어
발걸음이 무겁다

자식들 얘기는 왜 한마디도 하지 않았을까
기억 속에서 지워 버렸을까
원망마저 하기 싫은 지독한 사랑이
지독한 외로움으로 변한 걸까

사랑이란 뭘까
산다는 건 그리고 죽는다는 건

잊고 지내던 질문들이
눈을 떴다

줄 없는 줄넘기

권투 도장 관장님은
줄 없이 점프만 하라고 했다

이상했다
줄넘기 3라운드 정도는 쉬지 않고 하는 내가
줄 없인 1라운드도 버티지 못했다
줄을 돌리는 동작이 빠진 만큼
쉬워져야 하는데

어려웠다
하루에도 몇 번씩 놓아 버리고 싶은 학교도
뒤로 넘기면 앞으로 돌아오는 시험도
쌩쌩이처럼 숨 가쁜 잔소리도

모두 줄이었다

가시꽃

꽃을 지키기 위한
가시의 마음도
꽃이다
꽃 생각만 하고 사니까

우리 동네 욕쟁이 할머니는
아침마다 휠체어를 밀고 다니는데

휠체어에는
어른이 되지 못한 아들이 앉아
방글방글
웃음을 피우고 있다

손톱

아스팔트에 생긴 검은 바퀴 자국
할퀸 것 같다

급출발을 했을까
급정지를 했을까

순하디순한 동그라미에도
손톱이 있구나

위급한 하루를 달리는
깎지 못한 나의 속도도 날카롭다

드라큘라

키보드
자판 106개
모두 어금니
초식성

어떤 사람
손가락 10개
모두 송곳니
육식성

악플
악플

밤이 오면
피를 찾아다니지

무서워하는 것
마늘 십자가

아니야

고드름 같은
손가락 녹이는

악플
밑에 달린
선플

영등포역

바닥에 웅크리고 앉아 있다가
꾸르륵꾸르륵 배고픈 소리를 내다가
엉거주춤 일어나 머리를 까딱이며 걷다가
바닥에 떨어진 담배꽁초를 줍다가
사람들과 마주치면 왼손을 내밀다가
손바닥에 떨어진 동전을 손이 잘린 오른 손목으로 세다가
무엇에 놀랐는지 푸다닥 깃털을 남기고 사라졌다가
어느새 처음 그 자리에 웅크리고 앉아 있다

우물슈퍼

가끔 주인이 없다
계산대에 통 하나 있을 뿐이다
거기에 물건값을 넣고
거스름돈을 가져가면 된다
CCTV는 없다
벽에 거울 하나 걸려 있는데
돈을 넣다 거울을 보면
내가 나에게 돈을 내고
거스름돈을 받는 기분이다
계산은 언제나 정확하다
나는 단골이다
마음이 마른 날은
하루에도 몇 번씩 들른다

바통

봄 여름 가을 겨울이
이어달리기를 한다

상대편 선수가 없기 때문에
빨리 달릴 필요가 없다

봄은 봄답게
최대한 봄답게

중요한 건
바통을 떨어뜨리지 않는 것

내가 사는 동안
한 번도 떨어뜨린 적 없는,

바통은
바로 나다

동명이인

가끔 인터넷 검색창에
내 이름을 검색해 본다
같은 이름으로 사는 사람들이 많다
조선 시대 관리
독립군
성형외과 의사
만화가
교사
변호사
아코디언 연주자
연극배우
야구 선수
여섯 살 유치원생
평범한 회사원
같은 일을 하는 사람이 하나도 없다
같은 교복 입고 같은 교과서로 배우는 게
답답할 때마다
내 이름을 검색해 본다

숲에서

책 한 권은 나무 한 그루
책 한 장은 나뭇잎 한 장

지금 나는
도서관이라는 숲에서
운명 같은 나무 한 그루를 만났다

나뭇잎 사이
메모지가 꽃으로 피어 있다

우린 같은 책을 읽었어요

꽃 옆에
나도 꽃을 피워 본다

다음엔
『어린 왕자』 나무에서
만나요

먼 길

지하철 계단을 내려갈 때
귀에 익은 멜로디가 들렸다

"즐거운 곳에서는 날 오라 하여도
내 쉴 곳은 작은 집 내 집뿐이리"

뒤돌아보니 전동 휠체어를 탄 아줌마가
휠체어 리프트에 실려 내려오고 있었다

내가 계단을 다 내려오고도
끝나지 않는 멜로디
세 번이나 반복했는데도
땅에 닿지 못한 아줌마

즐거운 곳으로 외출하는 길일까
작은 집으로 들어가는 길일까

멀고 먼 길

우리는 시를 만났어요

유지원 서울 난곡중 3학년
조찬연 서울 문일고 3학년
김예슬 28세
이장근 시인

2016년 5월 31일
서울 서교동 창비서교빌딩 회의실

우리는 이렇게 만났어요

이장근 사회 안녕, 반가워. 수업하는 거 아니니까 편하게 말해도 되지?

함께 네.

이장근 어제 이런 생각이 들더라고. 나이도 다르고 하는 일도 다른 너희들이 오늘 여기 한자리에 모이는 이유가 뭘까? 바로 너희들이 이장근 학교에 다녔기 때문이라고. 한 사람을 만난다는 건 한 학교를 다닌다는 것과 같다는 생각을 했어. 그러니까 너희들은 선후배 사이야. 서로 간단하게 자기소개를 해볼까?

김예슬 저는 김예슬이에요. 올해 스물여덟 살이고요. 이장근 선생님은 중학교 1학년 때 국어 선생님으로 처음 뵈었어요. 그 당시 선생님께서 자작시 쓰는 시간을 주셨어요. 제가 외동딸인 데다가 부모님이 맞벌이를 하셔서 외로움을 많이 탔거든요. 그래서 집에 혼자 있을 때면 시를 썼어요. 그게 외로움을 달래는 수단이었던 것 같아요. 써 놓은 시 중에서 한 편을 냈더니 선생님이 되게 마음에 들어 하시더라고요. 그 일을 계기로 선생님과 가까워졌고 지금까지 인연이 계속 닿았던 것 같아요.

조찬연 저는 조찬연이고요, 고3입니다. 이장근 선생님은 중학교 2학년 때 담임 선생님으로 처음 만났어요. 그때 제가 본 선생님은 되게 자유로움을 추구하시는 분 같았어요. 제가 뭘 한다고 해도 언제나 오케이 하셨던 것이 인상 깊게 남아 있어요. 제가 시를 좋아하고 문학을 전공하려고 하다 보니 선생님과 인연이 닿은 것 같습니다.

유지원 저는 유지원이에요. 난곡중학교 3학년에 재학 중입니다. 이장근 선생님을 1학년 때부터 2학년 때까지 국어 선생님으로 만났어요. 첫 만남 때 "선생님 대신 사부님으로 불러라!" 이렇게 말하신 게 기억이 나요. 항상 느끼는 거지만, 선생님은 시에 대한 열정이 정말 강하신 분 같아요.

이장근 그러고 보니 찬연이하고만 담임으로 만났었네. 그런데도 계속 연락하고 지낸 게 참 신기하다. 우리가 통했기 때문이겠지? 그럼, 본격적으로 내가 그동안 궁금했던 것들을 물어

볼게. 먼저, 내가 글을 쓰다 보니 요즘 청소년들이 읽는 책이 굉장히 궁금하더라고. 너희들은 주로 어떤 책을 읽니?

"일단 좋아하는 것 먼저 읽어라"

유지원 저는 아무래도 청소년이다 보니까 청소년 문학 코너에 있는 책을 찾아 읽게 돼요. 주로 소설이나 수필을 읽지만, 요즘에는 청소년 시집이 있어서 더 관심을 가지고 읽기도 해요. 나를 이해해 주는 느낌이 들더라고요.

김예슬 저는 주로 수필이나 비문학 쪽으로 많이 읽었어요. 시 쓰는 것을 좋아했지만, 다른 사람이 쓴 시집을 찾아 읽지는 않았어요.

조찬연 저는 아무래도 문학을 좋아하고 전공하려다 보니 문학 쪽으로 많이 읽어요. 처음에는 제가 문학 쪽과는 전혀 어울리지 않는다고 생각했는데, 중학교 때 '해리 포터' 시리즈에 빠지면서 생각이 바뀌었어요. 책과 친해지려면 장르가 뭐든지 문자에 익숙해지는 게 좋은 것 같아요. 판타지 소설로 문학을 접하기 시작해서 지금은 시를 전공하고 싶어진 것처럼, 학생들한테 무작정 책을 읽으라고 권하기보다는 일단 본인이 좋아하는 것을 손에 쥐여 주면 되는 것 같아요.

이장근 일단 좋아하는 것 먼저 읽어라. 나도 그렇게 생각하는데.

김예슬 맞아요. 저는 만화책을 좋아했는데, 그게 다른 책들까지 좋아하게 된 계기가 됐어요.

이장근 나도 만화책 참 좋아했어. 찬연이, 지원이도 만화책 좋아했지? 근데 아쉽게도 청소년기에는 시집이 인기가 없네. 너희는 다른 사람들보다 시에 관심이 있는 편인데, 시를 어떻게 접하게 됐어?

김예슬 시에 관심 없는 사람들도 교과서를 통해 시를 쉽게 접할 수 있잖아요. 그래서 그런지 친하게 지내는 분이 시에 대해 안 좋게 말하는 걸 들은 적이 있어요. 해설이 들어가야 이해할 수 있는 글 아니냐고. 시가 마음에 와 닿지 않으니까 그렇게 말할 수도 있다고 생각했어요. 교과서에 실리는 시는 재미가 없고 어려운 것도 많아서 그런가 봐요.

조찬연 저도 비슷했지만, 스마트폰이 생기면서 조금 달라졌어요. SNS에 감성적인 글이 많이 올라오잖아요. 그런 것을 시라고 생각하지는 않지만, 그래도 그런 글을 접한 게 시를 조금 쉽게 생각하는 계기가 되었던 것 같아요. 그게 꼭 시는 아니더라도 시와 연결해 주는 역할을 SNS가 하는 것 같아요.

유지원 스마트폰을 통해서 시를 접하기도 하지만, 지하철을 탈 때면 스크린도어에 있는 시들을 읽어요. 그리고 예전에 「학교」라는 드라마에서 "자세히 보아야 / 예쁘다. // 오래 보아야 / 사랑스럽다. // 너도 그렇다."라는 시가 나왔는데, 굉장히 좋더라고요. 나태주 시인의 「풀꽃」이라는 시인데, 시에 관심도 생기고, 드라마도 훨씬 재미있어지고. 그래도 제가 시를 제일 많이 접하는 곳은 지하철 스크린도어예요.

"이런 시구에 확 꽂혔어요"

이장근 버스에도 그런 게 있으면 좋겠다. 버스 창을 보면서 시도 감상하고. 나도 교과서를 통해서 시를 만났어. 교과서에 있는 시로 모방 시를 써서 친구들을 웃기기도 하고. 맞다! 선생님이 학생이었을 때는 동네에 작은 서점이 많았어. 거기 시집도 많았고. 지금보다 훨씬 접하기 쉬웠구나. 그럼, 그동안 읽은 시 중에서 특별히 기억에 남는 시에 대해서 말해 볼까?

조찬연 저는 오규원 시인의 시를 많이 읽었는데요. 어느 날 문제집을 풀다가 오규원 시인의 「프란츠 카프카」라는 시를 봤는데, 거기에 '시를 공부하겠다는 미친 제자'가 있었어요. 그것을 읽은 순간부터 그냥 시라는 것에 이끌렸던 것 같아요. 시를 공부하겠다는 게 말이 안 되면서도 그 제자처럼 시의 길로 들어서고 싶다는 생각이 들었어요.

이장근 마법 같은 문장이었나 보네. 그 문장에 꽂혔구나. 살다 보면 그런 문장을 만나기도 해.

유지원 저도 비슷해요. 어느 날 책을 읽다가 윤동주 시인의

「서시」를 봤는데, "오늘 밤에도 별이 바람에 스치운다."라는 마지막 구절을 보는 순간 뭔가 마음이 되게 먹먹한 거예요. 그래서 집에 가서 찾아보니까 윤동주 시인이 독립을 위해서 시를 썼다는 것도 알게 되고. '아, 좋은 시는 쉽게 써지는 게 아니구나!' 하는 생각이 들었어요. 저도 그 구절에 딱 꽂힌 기분이랄까.

이장근 마음이 먹먹하다고 그랬는데 나도 「서시」 읽고 그랬어. 지원이랑 비슷한 나이에. 갑자기 그 시절의 내가 휙 스쳐 지나가네.

유지원 시는 과거 또는 미래의 인물과 저를 이어 주는 연결 고리가 될 수도 있다고 생각했어요.

이장근 그러네. 좋은 말이야. 연결 고리.

김예슬 저는 기형도 시인의 「엄마 걱정」이 기억나요. "나는 찬밥처럼 방에 담겨 / 아무리 천천히 숙제를 해도 / 엄마 안 오시네"라는 부분이요. 제 어린 시절과 오버랩 됐거든요. 저도 집에서 혼자 부모님을 기다릴 때가 많았어요. 울 때도 많았고. 시 내용도 좋았지만, 방에서 그냥 엄마를 기다린다고 하지 않고 차갑게 식은 밥처럼 방 안에 담겨 있다고 표현한 것이 되게 좋았어요.

이장근 어떤 모습이 내 모습과 오버랩 될 때가 있어. 그때 확 연결되는 거야.

김예슬 그 시가 좋아서 기형도 시집을 샀어요. 『입 속의 검은

잎』이라는. 그런데 난해한 시도 많더라고요. 좋은 시도 많고.

이장근 느낌으로 읽어야 하는 시가 많았지? 얼마 전에 아는 형님이 이런 말을 하시더라고. 시집은 모르더라도 시집 속에 있는 시 한 편을 기억한다면 시인에겐 행복한 일이라고. 너희들은 시인을 행복하게 한 거야. 다음 질문으로 넘어갈게. 시가 한 사람의 인생에 어떤 영향을 줄까? 혹시 너희들 인생을 변화시켰다고 말할 수 있는 시가 있니?

외로움을 달래 준 시, 힘들 때 잡아 준 시

김예슬 작가는 모르겠고 파리 지하철공사 시 공모에서 1등으로 당선된 시가 생각나요. 제목은 「사막」이고 내용이 정확히 기억나지는 않는데, 사막을 걷던 사람이 너무 외로워서 뒷걸음질로 걸었다는 내용이었어요. 자기 발자국을 보면서 가려고요. 그렇게라도 외로움을 이겨 내려고 했던 것 같아요. 왜냐하면 거기에는 자기밖에 없으니까. 그 시를 보면서 세상에 나만 외로운 게 아니라는 동질감을 느꼈고, 외로움이 경감되는 느낌을 받았어요. 사실 제가 시에 관심을 갖게 된 것도 외로움 때문이었거든요. 초등학교 때 일기 쓰기 싫으면 시를 써서 냈는데, 선생님이 참 잘 썼다고 피드백을 해 주셨어요. 그런 칭찬을 받은 게 기분 좋아서 쓰고 또 쓰면서 외로움을 이겨 내곤 했어요.

이장근 나도 어딘가에서 본 시 같은데. 예슬이 말 듣다 보니까 시 한 편 한 편이 외로운 섬 같다. 시집을 넘길 때마다 섬 하나, 섬 둘, 섬 셋이 나타나는 것 같아. 예슬이 중학생 때 시 공모에서 상 탔던 거 기억나? 내가 예슬이 몰래 냈었는데.

김예슬 중학생 때요? 그러니까 저도 응모한 적이 없는데 당선이 돼서 '어떻게 된 거지?' 했던 기억이 있는데 선생님이 내신 거였구나. 오늘 그 시 가져왔는데.

이장근 그래? 어디 봐 봐.

김예슬 중3 때 '시인의 눈 기르기 반'에서, 선생님이랑 오이도 갯벌에 갔는데 거기서 느낀 걸 쓰라고 해서 쓴 시예요.

이장근 와! 좋다. "밟아라 밟아, 밀어내지 않을 테니"라는 갯벌의 말도 좋고, "딱딱함으로 무장한 아스팔트를 걸을 땐 받아들여진다는 것이 이렇게나 좋은 것임을 몰랐다"라는 시적 화자의 말도 좋고.

유지원 이걸 중3 때 쓴 거예요? 우와.

이장근 예슬이는 시 계속 써야겠다. 요즘도 쓰고 있지?

김예슬 사는 게 너무 힘들었어요, 그동안.

이장근 힘든 걸 쓰면 되지. 이 시를 간직하고 있는 그대도 대단하시다.

김예슬 시 써 놓은 노트가 세 권 있었는데 얼마 전 이사한 뒤에 사라졌어요. 너무 슬펐어요.

이장근 그러게, 내가 다 아깝다. 잠깐! 찬연이 심취했나 봐.

찬연이 이야기 한번 들어 볼까?

조찬연 저는 중학교 때만 해도 시가 인생을 바꿔 놓는다는 생각은 못했는데, 요즘에는 달라졌어요. 고3이다 보니 정신적으로 많이 힘들고 처져 있을 때나, 가끔 잘못 살고 있다는 생각이 들었을 때 생각나는 시가 있어요. 오규원 시인의 「문득 잘못 살고 있다는 느낌이」라는 시예요. 예전에 청계천 헌책방에 가서 그 시를 발견했을 때 너무 인상 깊었어요. 시인도 저처럼 많이 지쳐 있었던 것 같아요. 그 후로 악마 같은 속삭임이 있을 때마다 저를 잡아 주는 시가 되었어요.

이장근 악마 같은 속삭임은 어떤 걸까? 찬연이가 중3 때지? 날 찾아와서 "시 쓰고 싶어요." 했을 때 너무 당황해서 도움이 되는 말도 제대로 못해 줬어. 두고두고 미안하더라고. 지금도 시는 이런 거다, 이렇게 쓰는 거다, 말할 정도는 못 되거든.

조찬연 저는 그냥 제 주변에 시인이 한 명 있다는 생각만 해도 큰 도움이 됐던 것 같아요.

유지원 저는 시를 읽으면서 여러 방면에서 생각할 수 있는 힘이 길러진 것 같아요. 제가 고정적인 생각을 많이 지닌 편인데, 시를 읽으면서 '이것은 이렇게 볼 수도 있구나.' 하는 생각이 들었거든요. 편견도 깨지는 것 같고, 창의력도 길러지는 것 같고.

"이런 작품들, 참 공감되고 좋아요!"

이장근 맞는 말이야. 나도 시를 쓰면서 창의력이 길러졌어. 시에서 많이 쓰는 비유라는 게 다른 두 대상을 연결하는 거잖아. 그게 습관이 되다 보니 어느 날 내가 발명 비슷한 것을 하고 있더라니까. 그럼, 이번에 출간하는 내 청소년 시집 중에서 인상적인 작품에 대해 얘기해 볼까? 우리 지금 하는 이야기가 이 책 뒤에 실릴 건데.

김예슬 여러 편이어도 괜찮아요?

이장근 응. 되게 궁금하네.

김예슬 저는 일단 「놀이터에서 배운 것들」이 좋았어요. 보통 배운다고 하면 학교를 떠올리는데, 사실 놀면서, 직접 체험하면서 배우는 게 되게 많잖아요. 배움을 놀이터 안에 있는 놀이기구들에 비유한 게 신선했어요. 「착각」이라는 시도 좋았어요. 자기가 관심 있는 애가 반응을 조금만 보여 줘도 자기를 좋아하는 것으로 착각하는 모습을 풋풋하게 잘 표현한 것 같고, 마지막에 "착각착각착각/시계가 놀린다"라며 시계 소리를 인용해서 착각이라는 것을 나타낸 것도 좋았어요.

유지원 저는 「아르마딜로」가 공감돼서 좋았어요. 진짜 이게 현실이라는 생각이 들었어요. 등수가 조금만 떨어져도 갈 수 있는 학교가 바뀌고. 주변에서 그런 모습 많이 보거든요. 우리 사회의 모습 같아서 마음이 아팠어요. "공처럼 몸을 말고 새벽

쪽잠을 잔다"라는 표현도 마음에 와 닿았어요.

조찬연 저는 「비밀의 화원」이 굉장히 좋았어요. 무화과는 꽃이 없는 과일이 아니라 꽃이 과일 속에 피었을 뿐이라는 발견이 좋았어요. 꽃을 피우지 못한 것이 아니라 아직 보여 주지 않았을 뿐이라는 것이 저를 비롯한 많은 청소년들과 닮아 있다는 생각이 들어 기억에 남았어요.

이장근 요즈음에는 시를 쓸 때 예전보다 더 감정 이입이 되는 것 같아. 어떤 작품을 쓸 때 내가 거기에 완전히 몰입되어 있거든. 「아르마딜로」 쓸 때 마음이 많이 힘들었어. 내가 아르마딜로처럼 몸을 구부리고 누워 있었는데 갑자기 슬픔이 막 밀려오더라고. 「놀이터에서 배운 것들」을 쓸 때도 놀이터에 가서 오랜만에 놀이 기구를 한참 탔어.

김예슬 「내 안에 내가」라는 시도 좋았어요. 노크를 했을 때 사람이 안에 있으면 똑똑 소리가 돌아오잖아요. 그걸 가지고 말대꾸하는 것도 "내 안에 / 내가 있기 때문"이라고 표현한 게 신선했고. 「빨대 소리」도 좋았어요. 빨대로 음료수를 먹다가 다 먹으면 소리 나는 거 가지고 "크르릉 빨대에서 동물 소리가 난다"라고 표현한 것과 가정 이야기에 빗댄 것도 좋았어요. 이 시는 고민 많이 하시고 쓴 것 같아요. 한번 읽고 다시 한 번 읽어 봤어요. 바로 이해가 안 돼서. 특히 이 구절 좋았어요. "배고픈 소크라테스는 금방 잊혔다".

이장근 「빨대 소리」는 열 번 넘게 쓴 것 같아. 이렇게 썼다가

저렇게 썼다가 몇 달 만에 완성했어.

유지원 저는 「바통」도 참 좋았어요. 마지막 구절이 감동적이었어요. 「나를 빌려 드립니다」는 기계처럼 학원 갔다가 집 갔다가 잠자고 공부하고 이렇게 그냥 시키는 대로 사는 모습을 잘 표현한 것 같아요. 이런 점을 약간 고쳐야 할 것 같은데, 부모가 원하는 자식이 되려는.

이장근 나는 학생 때 부모님한테 예쁨을 받고 싶어서 나랑 안 맞는데도 부모님이 원하는 모습으로 살곤 했었어. 너희들은 안 그래?

유지원 그렇기는 하지만 부모님의 만족을 위해서 제 인생이 망가지는 건 싫어요.

조찬연 부모님한테 칭찬을 듣는 게 좋아서 뭔가 하기보다는 부모님이 좋아하는 모습이 안쓰러워서 뭔가 더 하게 되는 것 같아요. 작은 것에도 좋아하시니까. 그래서 나한테 좀 안 맞고 싫더라도 부모님이 행복해하시니까 더 열심히 하고 그랬던 것 같아요.

이장근 자식들도 참 애써.

김예슬 저는 「그냥이라는 고양이」도 뭔가 트렌디하다는 느낌을 받았어요. 그냥이라는 고양이가 그 야옹이, 그냥, 이렇게 표현한 것 맞나요? 그게 되게 귀여웠어요. 그냥 뭐 짜증 나고 외롭고 울고 싶은 일이 있을 때 친구한테 전화해서 "그냥 했어." 하잖아요. 사실 아무 일 없어도 친구한테 전화하고 싶고 그럴 때도 많잖아요. 그래서 '그냥' 좋았어요.

이장근 친구 사이에는 그냥이라는 말 많이 쓰잖아. 스승과 제자 사이에도 그냥이라는 말 쓰면 안 되나? 선생님한테 전화해서 "그냥 했어요." 말해도 좋을 것 같은데.

김예슬 「심심해서 좋은」도 이와 비슷한 시인 것 같아요. 그냥 심심해서 별 할 이야기도 없는데 연락하고. 사실 크면서 이게 잘 안 돼요. 연락할 때 뭔가 이유가 있어야 할 것 같고. 그래서 별일 아니면 연락 안 하게 되고.

이장근 지원이는 선생님들 그냥 찾아간 적 없어?

유지원 네. 연락 안 드리고 찾아가면 불편해하세요. 아무래도 바쁘시니까.

가장 잘 어울리는 시집 제목을 뽑아 봐

이장근 최승별 선생님 그냥 찾아가 봐. 좋아하실 거야. 분명 좋아하시는 분도 있어. 그렇지? 학생들한테 괜히 사랑받는 게 아니야. 나도 꽹장히 존경하는 선생님이야. 그러면 다음 질문을 해 볼까? '파울볼은 없다', '학교는 언제 철드나', '지구에는 세 종족이 산다' 중에 시집 제목으로 뭐가 가장 어울려?

유지원 저는 '파울볼은 없다'.

김예슬 저도.

조찬연 저는 '학교는 언제 철드나'.

이장근 맞다. 찬연이는 고3이니까, 학교를 떠나면서 마지막으로 이렇게 말하고 싶겠다. "학교는 언제 철드나?" 나도 지금 가르치는 아이들한테 물어보니까 '파울볼은 없다'를 많이 꼽더라고.

김예슬 그게 뭔가 궁금증을 자아내는 것 같아요.

유지원 맞아요. '학교는 언제 철드나'는 괜찮기는 한데 너무 많이 보여 주는 것 같고.

이장근 이 시집에는 시와 멀어진 청소년들에게 한발 다가가고 싶어서 쓴 시들이 담겨 있어. 청소년 시집이라고 부르는데, 이런 시집에 대해 어떻게 생각해? 다른 시집과의 차별성이라거나.

유지원 아무래도 청소년을 대상으로 나온 시집이다 보니까 조금 더 이해하기 쉽고 공감도 많이 가고. 그런 차이가 있는 것 같아요.

김예슬 조금 순수하다고 할까? 보통 시라고 하면 독자나 쓰는 사람이나 뭔가 대단한 깨달음이 있고 그것이 시화되어야 한다는 부담을 알게 모르게 가지는 것 같거든요. 이 시집에 있는 시들은 그런 것 없이 아주 작은 영감이라도 그걸 살려서 순수하게 표현한 게 좋았어요. 읽는 사람 입장에서도 부담 없고 산뜻하고 공감도 가고. 시의 문턱이 조금 낮아지는 기분이었어요.

조찬연 저는 상징을 조금 더 읽기 쉽게 보여 주는 게 청소년 시라고 생각해요. 꼭 청소년에 국한될 것이 아니라 시를 조금 힘들어하는 사람들이 읽어도 좋을 것 같아요. 동시랑 시를 연결해 주는 느낌이랄까. 더 많은 청소년시가 나와서 중간 다리 역할을 해 준다면 시를 읽는 사람들이 더 많아질 거라고 생각해요.

이장근 찬연이가 시를 얼마나 사랑하는지 느껴진다. 너희들 모두 나한테 국어를 배웠잖아. 시를 쓰는 국어 선생님 수업은 너희들에게 어떤 특별함이 있었니?

시인 국어 선생님에게 배우는 특별함은?

김예슬 선생님 특유의 학습법이 생각나요. 먼저 졸라맨을 그려 놓고 그게 시적 화자다, 그다음 졸라맨 바깥에 원을 그리고 화자가 처한 상황이다……. 아무튼 이런 식으로 가르치셨는데, 심플하면서도 이해가 잘 되었던 것 같아요. 시를 별로 안 좋아하는 아이들도 쉽게 이해할 수 있겠다는 생각이 들었어요. 그리고 교과서에 안 나온 시도 소개해 주시고, 자작시 쓰는 시간도 갖고, 좀 더 특화된 시 수업을 많이 하셨던 것 같아요.

유지원 선생님은 시 가르칠 때 눈빛이 확 달라지세요. 시에 대한 부분은 꼭 이해시키고 말겠다는 느낌. 시 배울 때 너무 재밌었어요. 다른 부분 배울 때도 표현 방법 같은 게 나오면 시를 인용해서 하니까 이해가 더 잘됐고 고리타분하지 않아서 좋았어요. 창의력을 기르기 위한 수업도 재미있었어요. 또 작은 시집 만들기 하면서 창작이 즐거운 일이라는 걸 알았어요.

이장근 지원이 작은 시집 만든 거 인상적이었어. 그러면 시를 써 본 경험은 다들 있는 거네. 찬연이는 중3 때부터 하루 종일 시만 생각하며 사는 것 같고, 예슬이는 어때?

김예슬 초등학생·중학생 때는 많이 썼던 것 같은데 고등학생 때는 공부에 치여서 시 쓸 마음의 여유가 없었어요. 대학생 때 교내 문학상에 몇 번 내 봤는데 다 떨어졌어요. 요새는 취업 걱정 때문에 마음의 여유가 없어요. 쓰고는 싶은데 지금 제 처지에서 사치라는 생각도 들고.

이장근 나도 임용 고시 준비할 때 몇 년 안 썼어. 그때 가뭄 같은 느낌이었어. 심장이 쩍쩍 갈라지는 것 같더라고. 난 시를 쓰면 아내한테 SNS로 보내. 어쩌다가 아는 시인한테 보내기도 하고. 너희들은 이렇게 시를 주고받은 적은 없어?

김예슬 시에 관심이 많던 친구와 SNS로 시를 주고받은 적이 있어요. 중학생 때 특별활동인 '시인의 눈 기르기 반'도 같이했고. '시 배틀'이라고 해야 되나? 시 써서 보내면 솔직하게 평가를 해 줬어요.

이장근 시 배틀? 재밌었겠다. 찬연이는 시 쓴 거 친구들한테 보낸 적 없어?

조찬연 아직 못 보내 봤어요.

이장근 그러면서도 혼자 묵묵히 쓰는구나. 아무도 봐 주지 않는데도 무엇인가를 할 수 있다는 게 얼마나 어려운 일인데. 섬 같다. 찬연이가 한 편의 시 같다. 몇 년 후에 짠! 하고 문단에 나오는 거 아니야?

김예슬 얼마 전에 영화 「동주」를 봤어요. 윤동주 시인의 시가 여러 편 나오더라고요. 재미있게 봤어요.

유지원 전 책으로 읽고 있어요.

"이렇게 하면 시를 좋아하게 될 것 같아요"

이장근 나도 봤어. 시인으로서 반성도 많이 되더라. 좋은 시를 쓰고 싶다는 욕구도 생기고. 얘들아, 나는 시가 참 좋은데 왜 사람들은 시와 멀어졌을까? 사람들이 시를 좋아하게 할 방법이 없을까?

유지원 옷에 시를 써서 입고 다녀 보세요. 선생님이 입고 다니면 학교에서 유명인 될걸요?

이장근 괜찮은 방법이네. 왜 그 생각을 못했지? 한번 도전해 봐야겠다.

조찬연 교과서에서 시가 없어지면 좋겠어요. 시를 해석하는 것도 그렇고, 시에서 정답을 찾게 하는 것도 의문스럽고. 그것

때문에 청소년들이 시와 멀어지고 어른이 되어서도 시를 찾지 않는 것 같아요.

김예슬 공감 안 될 때도 많고, 그 해설이.

유지원 맞아요. 내가 생각한 거랑 너무 달라서.

이장근 차라리 시집 한 권 가지고 한 달 배우고, 소설책 한 권 가지고 한 달 배우고. 나도 그렇게 가르치고 싶다. 정답을 찾는 게 아니라 자기만의 감상을 찾을 수 있도록. 찬연이 말이 이해가 된다. 시를 너무 좋아하는데 그 시가 교과서에서 해부되는 걸 보면서 마음이 찢어지는 거지. 찬연이는 시가 무엇이라고 생각해?

조찬연 시는 원액이라는 생각이 들어요. 소설이든 영화든 그 안에 시가 담겨 있는 것 같아요. 시라는 원액을 풀어서 영화도 만들고 소설도 쓰고 하는 것 같아요. 소설 속에서도 문장 하나하나에 시가 있을 수도 있고 영화에서도 마찬가지로 그런 것 같아요. 시가 더 원초적인 것 같아요.

유지원 시가 사람들과 가까워지려면 유행하는 매체를 활용해야 할 것 같아요. 재미도 있어야 할 것 같고.

김예슬 맞아요. 무거움을 탈피할 필요가 있어요. 일본 시 중에 하이쿠(俳句)라는 것도 있잖아요. 짧지만 재치 있게 시대를 꼬집는. 요즘 사람들은 길고 어려우면 안 읽는 것 같아요.

이장근 좋은 말이야. 앞으로 시 쓸 때 고민해 봐야겠다. 음, 어느새 시간이 훌쩍 갔네. 남은 이야기는 다음에 따로 만나서

해야겠다. SNS로 서로 소식을 주고받는 것도 괜찮겠다. 시를 주고받으면 더 좋고.

좌담 시작하면서 너희들은 모두 이장근 학교에 다녔다고 했잖아. 실은 나도 김예슬 학교, 조찬연 학교, 유지원 학교에 다녔어. 여기저기 자랑하고 싶은 명문 학교였다고 말해 주고 싶네. 시 쓰기를 잘했다는 생각이 든다. 덕분에 우리가 오랫동안 연락하는 사이가 되었고 오늘처럼 이런 시간도 가질 수 있었잖아. 모두 고맙고 다음에 만날 때까지 건강하자.

시인의 말

등 뒤에서 "선생님!"하고 불러 주는 목소리가 좋습니다. 뒤돌아보았을 때 손 흔들고 있는 모습이 예쁩니다. 세상을 빛내는 장면을 뽑으라면 바로 이 장면을 뽑겠습니다. 이 아름다운 장면 속에 함께 있고 싶어 교사가 되었나 봅니다.

그러나 아픈 날이 많습니다. 손 흔들며 누군가를 불러 볼 틈도 없이 바쁘게 사는 아이들을 바라볼 때가 그렇습니다. 아프지만 저는 어른이니까, 아무래도 아픔과 많이 싸워 본 제가 힘을 내야 합니다. 그래서 제가 아이들을 불러 보기로 했습니다. 그게 제가 시를 쓰는 이유 중 하나입니다.

제가 쓴 시가 어디론가 바쁘게 걸어가는 아이들을 잠깐 뒤돌아보게 한다면 얼마나 좋을까요? 손 흔들고 있는 제 마음 한 페이지를 읽어 준다면 얼마나 좋을까요? 그렇게 잠깐만이라도 빛난다면 손바닥만 한 빛이지만 어둠 속에는 어둠만 있지 않다는 것을 알릴 수 있을 테니까요.

얼마 전 교탁 앞에 앉은 아이의 필통을 그려 카톡으로 보내 준 일이 있었습니다. 그런데 그 못난 그림을 카톡 프로필 사진으로 올린 것을 알았습니다. 그때 전 아이들이 바라는 게 이런 것이었구나! 작은 관심, 너희들이 아니라 너, 세상에 단 하나밖에 없는 자신의 존재를 알아주는 순간이라는 것을 알았습니다. 그래서 앞으로 이런 선물을 부지런히 해 보기로 했습니다. 그것이 시가 되었든, 그림이 되었든, 노래가 되었든, 짠! 깜짝 선물을 하고 싶습니다.

저는 뭔가를 잘한다는 말을 듣고 살지 못했습니다. 대신 아직도 그걸 하고 있느냐는 말을 몇 번 들은 적이 있습니다. 요즘 따라 그 말이 참 좋습니다. 친구(가깝게 오래 사귄 사람)라는 느낌이 들기 때문입니다. 시는 제게 그런 존재였습니다. 앞으로도 그랬으면 좋겠습니다.

여기 제 친구를 소개합니다.

2016년 여름
이장근

창비청소년시선 06

파울볼은 없다

초판 1쇄 발행 • 2016년 8월 20일
초판 8쇄 발행 • 2024년 6월 7일

지은이 • 이장근
펴낸이 • 김종곤
책임편집 • 서영희·정편집실
펴낸곳 • (주)창비교육
등록 • 2014년 6월 20일 제2014-000183호
주소 • 04004 서울특별시 마포구 월드컵로12길 7
전화 • 1833-7247
팩스 • 영업 070-4838-4938 / 편집 02-6949-0953
홈페이지 • www.changbiedu.com
전자우편 • contents@changbi.com

ⓒ 이장근 2016
ISBN 979-11-86367-34-6 44810

* 이 책 내용의 전부 또는 일부를 재사용하려면
  반드시 저작권자와 (주)창비교육 양측의 동의를 받아야 합니다.
* 책값은 뒤표지에 표시되어 있습니다.